# 句集
# 寒鴉

天児照月

影書房

目次

# 『天狼』時代（昭和63年～平成6年）

# 結界

本光寺（津山二代藩主菩提所）四句

秋深し崩れし山門俗を絶つ

荒寺に威風堂々の銀木犀

貴船菊荒寺の中に尼とあり

百舌啼けり仏と尼と吾のため

ドカ雪にしばし怯みし恋の猫

泥んこの恋猫眠る寺の縁

村芝居桟敷に土筆頭を出せり

一面に垣通《かきどおし》拡がる無縁墓

春雨が雪に変りし丑三つ時

12

山茱萸に鈴を掛けなん春の宵

雛飾る老人ホームの大広間

風吹きて枝の揺れゐる糸桜

花の城みな上向ひて歩きゐる

花万朶露店は造花の桜挿す

花に酔ひ花に酔ひゐて西東忌

14

桜蕊マリリンモンローの風に舞ふ

幼な児が牡丹に頬を寄せてゐる

風に乗りフラメンコ踊る八重牡丹

牡丹の咲き極まりて崩れ落つ

牡丹終へ花殻摘みてお礼肥

売られゆく田よりひねもす揚雲雀

落ちて来し雲雀がすぐに地虫喰ふ

山笑ふ雲仙岳は怒りをり

座禅会《え》や外は蛙の妻《め》狩《かり》時

撓《たわ》めたる松も芯は直《す》ぐに立つ

田を植ゑる村一斉に動き出す

還暦の早乙女憩ふ腰伸ばし

18

機械植ゑの早苗トラックで運びけり

燕飛ぶ耕運機のまはり忙《せは》し気に

田植終へ折伏の場となる湯治かな

菖蒲葺く山門の屋根傾けり

シーボルト展三句

オタクサン泣くな梅雨に輝きて

おいね泣くオランダ坂の蝉しぐれ

いね立てり瑞穂の国の女医師

替衣ピアノカバーは白レース

五月雨に子犬佇《たたず》む寺の堂

街角で会ふ盂蘭盆の僧と僧

紗の衣僧は微塵も汗見せず

盆過ぎて僧ステテコで寛げり

友の棺木槿を擦りて庭を出る

炎天の車道突走る冷房車

龍野市四句

諸味《もろみ》掻く杜氏の手垢の付きし棒

資料館醤油造りし杜氏はゐず

金木犀醤油の町に匂ひ褪せ

時雨過ぐ武家町巡る細き道

白芙蓉かすかな緑に染まりけり

秋雨や原爆資料館黙し出る

バックミラー釣瓶落としの陽を受けて

蔓と蔓からめて拡ぐ葛が原

奥飛騨三句

飛騨路行く紅葉の中に家がある

時雨るるや一輛のみのローカル線

トンネル抜け車窓に枯山なほ続く

村芝居一句

月光が舞台の月に射しかかる

月待ちてゐし子が月を見ずに寝る

月に向かふ足音二つ聞こえけり

祭注連潜りて僧は帰り行く

祭注連寺の門前除けて張る

蟷螂が懸崖菊の下に枯る

刈田よりハーモニカの曲渡りくる

高原の探鳥会の赤とんぼ

報恩講門徒の靴が整然と

剪定をすませし松に雪降れり

お歳暮の函には海老が動きゐる

煤払ひ一年の煤身に浴びて

寒析に犬吠えながら蹤き行けり

ひとりふたり帰りゆく病院の大晦日

除夜の鐘撞く煩悩は消えざれど

秒針がカタリと動き年変る

病院の元朝雑煮の祝ひ箸

元日の病院森閑として広し

元旦の静けさを行く救急車

健やかに放屁して父の事始め

若きノラ老びて老父の足袋を繕ぐ

初茶の湯真白き足袋がしづしづと

初釜や関守石は越えざりき

34

禅寺の結界雪積み越え難し

# 御堂

得度（平成3年12月西本願寺にて）四句

紅落とし尼となる日の京の冷え

御門主の剃刀受けて冬衣

得度式広き御堂に咳一つ

灌仏会に生まれし吾は僧となり

境内で尼は七草摘み揃へ

脹らみし牡丹の蕾に忘れ雪

39　御堂

落ち椿集めて積みて紅き山

春雨のバス停老婆ひとり佇つ

徹夜明けまづ新聞配達と恋の猫

幼な児が背伸びして撫ず雛人形

春うらら肥満の犬曳き散歩かな

春立ちて村の馴染の犬を訪ふ

本山参り一句
讃仏会僧が雅楽の笛を吹く

戻り寒桜前線立ちすくむ

牡丹咲く海渡り来し苗育て

42

十二単拡ぐや名より逞しく

溜り水これが蝌蚪の全世界

田を植ゑる夫婦喧嘩も中断し

猪垣に囲まれ小さき苗育つ

人形の服も替へやる衣更

病床の母に尋ねつ梅漬ける

豌豆むく母はいつしか居眠れり
床に生けし紫陽花でで虫付きしまま
梅雨しとど雨もる庫裡《くり》を如何にせん

驟雨きて墓参の尼は褄をとる

驟雨止み樹の幹にすぐ蟻の列

夜勤明け看護婦朝顔に水をやる

寺の縁螢が淡き灯を点す

やはらかき苔に脱ぎたる蛇の衣

蒲公英《たんぽぽ》が灼け舗装路の隙に咲く

正行寺住職となる（平成四年八月）

汗の僧衣脱ぐ間もなく又訃報

初盆に孫子が揃ふ過疎の村

盆の尼襖よりのぞく幼き児

48

食堂でカレーライス食ぶ盆の僧

経読みし手にてハッシと蝿を打つ

祖父と父と吾の僧衣土用干し

本堂に拡げし曝書読みふける

山門で今年も蝉が殻を脱ぐ

炎天の山々に響く葬の鐘

生ぬくき扇風機の風の中の秋

芒野にストレス置いて帰りけり

病床で観る手鏡に月映し

灯を消して湯浴み月光降る中に

小春日や父母の車椅子両の手に

耕運機妻子と大根乗せて行く

救急車ヘッドライトで霧分けて

時鳥山門開けて霧の奥

鈍りつつ動き止めざる枯蟷螂

喰はれたる雄蟷螂の翅四散

看護婦の見廻り涼風運びくる

赤子笑む虫に喰はれし頬赤く

ハンサムでズーズー弁のリンゴ売り

芙蓉落つ夕べの水を打ちし庭

台風の避難所子等は華やげり

重症の病室野わけ容赦なし

野分あと青き落葉を掃き寄せる

櫓田を囲むブリキ猪の垣

街角で同じセーター着し人と会ふ

鴉鳴き咳をしても人の中

越冬の白鷺岸辺で動かざる

三椏《みつまた》の寒晒しの列木地師村

木枯しに紅き牡丹の芽が揺れる

北陸路五句

暖房の車窓に粉雪降りしきる

雪吊りの松に雪なき兼六園

雪囲ひせし小屋犬が首を出す

駐車場車はみんな雪を被て

ゲレンデに点々リフトタワーの灯

冬桜汀女眠れる東慶寺

車中みな横向きに仰ぐ雪の富士

雪の富士裾隠れて天に聳つ

冬の蝿払ふこともせず父病める

寒の葬僧の袂の懐炉落つ

喪の家に遠くジングルベルの曲

地下道で年越す男歌うたふ

ハト時計暮れも同じ秒を打つ

62

## 「天狼」終刊ポツンと年暮る

#『俳壇』時代

（平成7年～同14年）

# 迷ひ螢

今朝空きし病室の窓に花嵐

春近し震災のボランティア幼な顔

住職の春の障子を貼りゐたり

牡丹の花粉にまみれしかなぶんぶん

紗の僧衣脱ぎつつ俗に戻りたり

父死去二句

父の葬紗の衣なびく僧の列

生きつて父逝く夏の終はりかな

尼ふたり大銀木犀あふぎ見る

尼寺より尼寺へ鮒鮓届けらる

70

禅寺の全山静かに月昇る

山々が威容を現はす雪を着て

苔寺二句

静けさを究めて苔寺年暮るる

寒空を心字池の底に拡げたり

霜柱踏んで山門開けに行く

尼寺の女ばかりの雪下ろし

年の瀬や亡父の時計も時刻む

崩谷《くずれだに》といふ小《こ》字《あざ》の別荘年暮るる

除夜の鐘まづ鐘楼までの雪を掻く

寒の通夜携帯電話鳴り続く

大寒の骨拾ふ音かすかなり

音もなく喪の家包む雪深し

世話焼きがとんどの火かげん見てまはる

恋猫の足跡乱るる雪の朝

祖父が植ゑ父が育てし梅守る

庫裡《くり》改築うれし悲しの走り梅雨

遠慮がちに寄附帳まはせり田植時

兼業農家月の明りで田植せり

寄附集め胡瓜トマトも貰ひけり

早苗田に水張つてはや蝌蚪の群

沙の衣シャンと着て僧となりにけり

遠雷に早くも犬は脅へけり

薄幸の伯母の古ダンス土用干し

幾星霜重ねし経典虫払ひ

本の山崩しては積む曝書かな

白帯をキリリと締めて盆参り

秋空の下百年の歴史庫裡懐す

起工式といふに悲しき秋の空

仮設庫裡箸置く位置も定まらず

上棟式終へてひとり焚火消す

天高し三尺寝の職人に茶を運ぶ

総代会終へて花野を歩きたり

仮設風呂首を伸ばして月を見る

名月や幾万の目集め天に浮く

仮設風呂浮べし柚子の行き場なし

秋風や僧衣も我身に馴染みけり

「小寺です」と言へるゆとりや冬に入る

老祖母のとぼけ上手に日向ぼこ

槌の音途絶えて年も暮れてゆく

元旦の訃報や僧は平然と

元日や姪寺継ぐと云ふ子無き吾に

雪掻きす尼寺に男手欲しき時

臘梅と侘助生けて仮設庫裡

職人の無駄なき動き雪降れり

霜焼けの曲りたる指左官の手

焚火囲む職人の笑ひ高らかに

春が来て姪が来て化粧品増えにけり

素封家の跡絶えし墓春落葉

平成九年五月落成

庫裡完成ビール高々とカンパイ

ビール呑む手付きが父に似たりと云ふ

沙羅の咲く庫裡に外人正座して

真夜中に明日咲く沙羅が脹《ふくら》めり

蝿叩き新築庫裡に備へたり

「バカてめぇ」反抗期の児の夏休み

夏祭りりんご飴を二つ買ふ

穀《こく》象《ぞう》の付きし供米を茣蓙に干す

新築庫裡松の位置定まりて秋

薄幸の画家の墓所や薄紅葉

ドライアイス抱く御仏に手を合はす

中陰壇の白菊青虫丸々と

90

寒天に白足袋干すも慣れにけり

北国より空輸の北寄動き出す

死の宣告知らず病人西瓜食ぶ

夜明け前沙羅の蕾の咲く時刻

真夜中の御堂に迷ひ螢かな

尺蠖の擬態糞《ふん》せねば分からぬに

得度せし姪を伴ひ盆参り

風船の脹みきつて咲く桔梗

「もう秋よ」と告ぐる白萩残暑かな

涼風や散歩の犬も尾を立てて

木枯やお世辞云ふ児の悲しけれ

今日も又煩悩抱へ秋刀魚焼く

手術受け三百年の百日《（き）》紅よみがへる

# 彼岸花

元日や老人看護は気負はずに

伊勢海老の後にいただく七草粥

侘助や荒寺にひそひそと咲く

梅薫る米寿の母は小さくて

節分に風邪の神をも追ひ払ふ

泥付きの筍縁に置いてあり

春めきて白のパンプス買ひにけり

僧衣脱ぎ香水ふつて入学式

新入生の小さき手ダンプ止めにけり

城跡の明日咲く桜濃鴇色

春嵐「疲れる間なし」と左官の愚痴

当山門徒会館類焼五句

春の宵破りて火事の渦となる

風やんで火柱真直《まっすぐ》天に立つ

消し終へし消防団に握り飯

焼けあとに無残な無花果残さるる

焼跡の無花果二度の新芽かな

風に揺るる牡丹に支柱添へにけり

庭に一灯ともして若葉楽しまむ

子規記念館を訪ねて二句

万緑に包まれ四国三郎遡のぼる

新緑の松山路面電車の客となる

倒木に絡みしままに藤の花

咲き乱る藤の数だけ山荒るる

とりどりの入浴剤圧して菖蒲の湯

一面に沙羅散華寺の夕べかな

鉢植ゑの掌ほどの麦の秋

ハムスターの小さなあくび梅雨明ける

愛でし人帰りて沙羅の落花掃く

引きし稗貰ひて床に生けにけり

廃屋のバケツに百足虫《むかで》の心中かな

仲間の死知らず恋猫鳴き続く

門灯に影絵のごとき守宮《やもり》かな

テンペスト弾く窓に夕立叩きつけ

散水のホース急転吾を打つ

尼ふたり並んで葬儀紗の衣

蓮如五百回忌五句

蓮如上人団参の列に枯葉散華

たま風やトンネル半ばで越の国

お市無念小谷城跡薄紅葉

越前蟹褌はづして召上がれ

天高し行列の稚児靴はいて

「愚僧は」と答へるゆとりや彼岸花

ハムスター頭にのせて花野行く

台風と地震と尾崎秀樹の死

寺の垣通草《あけび》と郁子《むべ》が右左

虫すだく話尽くして翁逝く

猪垣に囲まれしまま休耕田

残暑酷と云へど律気に彼岸花

秋彼岸孫の供へしゴールデンバット

彼岸花残し畦草刈られけり

人住まぬ素封家の庭一面彼岸花

松茸を持ち来る人の得意顔

前口上の長き松茸御飯かな

松茸の御飯のお礼の醂し柿

冬瓜にレシピを付けて配りけり

苦瓜や真赤に裂けてほの甘く

冬空にドサリと重き花梨落つ

秋深し今日は園丁小寺の僧

寒風を切つて喪家へ急ぎ足

雪積り泣き尽くし霊柩車いまだ来ず

妻逝きて寒空に干す男物

迷ひ来し冬の蝿子に打たれけり

果てしなき大掃除いつしか除夜の鐘

除夜の鐘撞くダウンコートに身を固め

五部屋あれば五部屋塞がる師走かな

年の瀬やかなたに還暦見え隠れ

松脂付け正月仏華生けにけり

喜寿の友スキー場より賀状来る

御門徒の年賀を受けて早や十年

修正会や尼は還暦披露せず

還暦とはきはどき所交はす枝

寒鴉「愚僧」と云ふにはまだ未熟

あとがき
# 俳句を巡る不思議な縁

私は一九八八（昭63）年七月より「天狼俳句会」に入会し、俳句を始めた。岐阜市在住の松井利彦先生のお勧めによるが、当時、先生が「天狼」の編集長であることも、「天狼」がどういう傾向の俳句結社であるかということも知らなかった。その前に、私は「岐阜日日新聞」（現在の「岐阜新聞」）に、岐阜県出身の『山の民』で知られる作家・江馬修の伝記のようなものを連載していたことから、担当の文化部長より松井先生に紹介されていたのである。松井先生はお会いした折り、「俳句を作ると、物を観察する目が養われるし、文章の贅肉が落とされて無駄がなくなる、漱石や龍之介なんかも俳句をやっていたんだ」と言われた。

私も俳句にはいくらか興味はもっていたので、すぐ入りますと言った。帰宅すると早速「天狼」に申し込んだ。折り返し俳誌「天狼」六月号が見本誌として送られてきた。その号に主宰者・山口誓子先生の「支部長会議挨拶」というのが掲載されていた。その中に「写生と客観描写されたものが本当の俳句で、それ以外の俳句は俳句と認めない。選句もこれを標準として選んでいるので、選句に手加減はしません」という主旨のことが記されていた。私は一瞬ギョッとした。自由律、無季のものだってりっぱな俳句だし、写生以外にもりっぱな俳句はある。しかしそれ以外は認めないというのもすごいと思った。「ならばやってみようじゃないか」と翌月から投句を始めたのである。毎月五句、綴じ込みの投句用紙に書いて送るのである。

ただ気力はあっても、それまでまともに俳句など作ったことがなかったので困った。松井先生よりいただいた御高著『やさしい俳句入門』と歳時記を頼りに、何とか十七文字にまとめて投句した。その年の十二月号に初めて一句入選した。松井先生は、直接指導すると言われたが、その期待にお応えする自信はなかった。その少し前、津山の天狼支部長・岸正儀子氏に知れ、誘われて津山支部に入会することとなった。以来氏は、私の元の句がわからなくなるほど添削された。会員の中には、自分の句をあまり添削されると嫌がって怒る人もいたが、当時の私は、父の看病で忙しく、句会に出る暇もなく、支部長にお任せといった感じで、それほど俳句に執着もなかった。ところが何年か句作を続け、添削を受けていると、俳句がどういうものか見え始めてきた。時々誓子先生の選に入るとうれしくなってきた。松井先生からも時々激励された。

そうしてようやく俳句が面白くなり始めた矢先き、一九九四（平6）年三月、突然誓子先生が亡くなられた。私はガーンと脳天をハンマーで殴られたほど衝撃を受けた。自分でも思いがけないことであった。それまで何度か松井先生から誓子先生とお会い出来るチャンスを与えられていながら、老人看護のため果たすことが出来なかったことが、今さらのように惜しいことをしたと後悔した。誓子先生は何かに「私は選をする時、投句者一人一人に向き会ってしまます」と書かれていたが、実際そのとおりだった。私の句の選をされる時は、私に向き会っておられたのである。実際にお会いしたかしないかは関係ない。先生の選を受けたものなら、誰でも感じられるであろう「私は先生に見られている」――と。

誓子先生亡きあと「天狼」は六つか七つに分れ、夫々の結社にちらばっていった。この時私はしばらく俳句を止めようと思った。その数年前私は父の跡を継いで寺の住職に就任していた。そして父は生と死の間をずっとさまよい続けていたのである。津山支部長の岸氏も「あなたは句会に出て来ないから引き止めはしません」と言われた。津山支部の人たちは揃って、最初は山口超心鬼主宰の「鉾」へ入会し、その後塩川雄三氏の「筑港」へかわられた。そして岸氏は一九九六（平8）年に逝去された。

これまでそれほど一生懸命俳句に打ち込んでいた訳でもなく、句会に出られない断わりばかりしていた私であるから、俳句を止めたとて、何ということはない筈であったが、一旦止めてみると、何か物さびしく忘れ物をしたような感じが付きまとう。かといって新しい結社に入る気にもなれなかった。そこでふと思い出したのが、総合俳句誌「俳壇」の発行所・本阿弥書店の社長である室岡秀雄氏のことであった。飛騨出身の作家・早船ちよ先生が、お元気だった頃、「何かあったら本阿弥書店の室岡さんを頼りなさい、あなたのことをようく頼んでおきましたから」と言って下さっていたことを思い出した。当時、私が俳句を始めることなど思ってもいなかったが、その頃、一度お目にかかっていたので、思いきって電話をかけてみた。事情を話すと、社長はすぐ「それならうちの〝俳壇〟の雑詠に投句してみたらいかがですか、何の拘束もないし、嫌なら止めればいいのですから、ただし、選が厳しいですからなかなか入りませんよ」と言われた。

私は早速「俳壇」の購読申し込みをして、一九九五（平7）年一月より投句を始めた。選者は三人で、一人二句まで合計六句ハガキで投句できるという。私は生き返ったような新鮮な気持ちで句が出来た。最初から入選（現在は廃止）、佳作、秀逸、特選など続き、思いがけないことであった。今思うと、誓子先生の厳しさがなければ今日の私はないと思うが、いささか窮屈なものを感じていた。岸氏の添削もありがたかったが、そろそろ卒業してもよい頃だったかとも思う。「俳壇」で一気に拘束がなくなったので、私は自由に俳句を作ることが出来た。

また私の身辺も一九九二（平4）年に住職に就任してから一変した。人の死に立ち合うということはいろいろなことを考えさせられる。一九九五（平7）年には父が亡くなり、続いて庫裡《くり》の改築、本堂の改修など息つく暇もなかった。そして母が次第に年を重ね、新たなる老人看護が始まった。大学、短大でピアノを教えるのは私の本業であり、週四日勤めている。住職は両親が生きている間のつなぎのつもりであったが、はや十年もたち何が本業かわからなくなってしまった。

私は作家・江馬修との出逢いにより、文学に目覚め、ようやくライフワークとして、「作州ゆかりの文人たち」の生涯をまとめ始めた時、私の生活は思いがけない方へ急転し、いよいよ自分の時間がなくなり、物を書く時間も取材に行く暇もなくなってしまった。今さらのように俳句をやっていてよかった、せめて俳句だけは続けていよう、そしてすべてから解放された時、一まわり大きくなってライフワークに取り組みたいと念じている。俳句は車の中でも、散歩している時でも作れる。ゆっくり俳句を鑑賞したり、句会に出たり、吟行などとても出来ず、身辺におこる日常生活を句にしているだけだが、一つだけ誇れることは、投句を初めた時から、「天狼」終刊後少しブランクはあったが、その後再開してから今日まで一回も投句を休んだことはない。忙しいから、出来ないからといって休むと、クセになる。たとえ下手でも十七文字を並べて投句だけは続けた。選者の目は厳しいから、そんな時の句は選に入らない。それでもまぐれに入ると、又元気が出て続けられた。

このような私が句集を出すなどということはおこがましい限りであるが、近年ほとんど文学作品を発表していない私にはあせりがあった。昨年還暦を迎えた私は、一つの生きたあかしとして出してみたい。生活記録のようなつもりで、これまで投句した句を、選に入ったものも、入らなかったものもまぜて、私なりにまとめてみた。

こうしてまとめてみると、ここに至るまでに、いろいろと先人たちとの不思議な出逢いとお導きに負うところが多いのに驚いた。私が「天狼」に入会した頃、随筆集『魔王の誘惑──江馬修とその周辺』（春秋社）を上梓した。その時、なぜか文芸評論家で青山学院女子短大教授の栗坪良樹先生が、「俳壇」一九八九（平1）五月号の「書評旦」という欄に採り上げて下さり、その中で「天児さんはごく最近〈天狼俳句会〉に入会し俳人として新たなる出発をされたようだ」と記され、驚いたことがある。未だに自分が俳人といえるかどうか自信がないのである。しかし心のどこかで、栗坪先生に俳人として認められるようになりたいという思いがあったことも事実である。

古いおつき合いのある先輩に、ゲラ刷を見てもらったところ、「いささか玉石混交の感はあるが、第一句集としてはいいでしょう」と言われた。私としては玉が一つでも混じっていればしめたものである。ふり返ってみれば、初めて「天狼」に入会して以来はや十四年もたってしまったことに驚くが、それにしては進歩の遅いことよと嘆きたいが、俳句があるからこそ、超多忙な生活を何とか狂いもせず切りぬけて来られたのだから、何物にもかえがたい宝物のようにも思うのである。

ここまで導いて下さった多くの方々、この句集の上梓にあたってお世話になりました、安西彰氏（フリーの編集者）と影書房の松本昌次氏に心よりお礼を申し上げます。

（二〇〇三年二月）

天児照月（あまこ・しょうげつ）本名・天児直美。
一九四二（昭17）年四月、岡山県勝田郡に生まれる。一九六五（昭40）年四月、国立（くにたち）音楽大学卒業。一九七六（昭51）年四月より美作大学短大部特任講師就任。一九九一（平3）年八月、中央仏教学院通信教育部卒業。同年十二月、浄土真宗本願寺派本山（西本願寺）にて得度。法名、照月。翌年八月生家・専修山正行寺住職に就任、現在に至る。
**主な著作**　「江馬修とふるさと」（一九七六〜八〇年「岐阜日日新聞」連載。『炎の燃えつきる時——江馬修の生涯』（一九八五年、春秋社）『魔王の誘惑——江馬修とその周辺』（一九八九年、春秋社）「作州ゆかりの文人たち」（一九八八年より「津山朝日新聞」に不定期連載。）『二度わらべ——老人看護奮戦記』（一九九二年、影書房）
**俳句歴**　一九八八（昭63）年七月「天狼俳句会」入会。一九九四年同誌終刊により一九九五（平7）年一月より、総合俳句誌「俳壇」に自由投句、現在に至る。所属結社ナシ。

句集　**寒《かん》鴉《がらす》**

二〇〇三年四月八日　初版第一刷

著者　天児照月《あまこしょうげつ》
発行所　株式会社　影書房
発行者　松本昌次
〒114-0015　東京都北区中里二—三—三
久喜ビル四〇三号
電話　〇三（五九〇七）六七五五
FAX　〇三（五九〇七）六七五六
振替　〇〇一七〇—四—八五〇七八

印刷・製本＝スキルプリネット

定価　二、〇〇〇円＋税

ISBN4-87714-299-1　C0092